काव्या अनु

AF766310

Book Squirrel Publication

काव्या अनु | अनुश्री गोस्वामी

Book*Squirrel* Publication

Regd. Under MSME Act.

"काव्या अनु"

By: अनुश्री गोस्वामी

ISBN: 978-93-89557-81-7

Language: Hindi

1st Edition

Formatting: Mulaikha Ansari

Cover: Ronak Chavda

Image: Atul Singh

मैं भी शून्य, तुम भी शून्य,
चलो शून्य से शुरू करते हैं...

कवयित्री के बारे में

"अराजकता से भरी भीड़ में, मैंने शांत रहना सीखा है ।" - काव्या - अनु

अनुश्री गोस्वामी एक रचनात्मक लेखिका हैं। स्कूल के समय से ही उन्हें कविताओं में काफी रुचि रही है। १२ वर्ष की आयु में उन्होंने अपनी पहली कविता लिखी। घर वालों का प्रोत्साहन भी मिला तो लेखन का जोश दुगुना हो गया और आत्मविश्वास भी बढ़ा। कुछ यूँ समझ लीजिये की वह किसी भी पल में कविता लिखने को तैयार रहती थी । वे शब्द स्वचालित रूप से एक जादू की तरह उनकी सोच से शामिल होकर एक अनोखी दास्तान रचते।

उनके पिता, श्री संजय शर्मा, जूनियर सिविल इंजीनियर व माता, श्रीमती सरित प्रवाह गोस्वामी, सरकारी स्कूल में अध्यापिका हैं।

अनुश्री गोस्वामी जीवन की पर्यवेक्षक हैं, और वह अपनी कविताओं को, जीवन और प्रेरणा से भरने का प्रयत्न करती हैं। वह युवाओं को प्रेरित करने के लिए प्रेरक कविताओं को लिखने की पूरी कोशिश करती हूँ ताकि उनकी कविताएँ समाज के सुधार व उज्जवल भविष्य में मददगार साबित हों।

इन्होंने कई प्रतियोगिताओं में भी भाग लिया। मई माह २०१८ में इनको स्टोरीमिरर द्वारा "ऑथर ऑफ द वीक" की उपाधि से नवाजा गया, व लिटकॉन मई-जून २०१८ में इनकी कविता 'बेबाक बचपन' के लिए इन्होंने दूसरा स्थान प्राप्त किया। वह स्टोरीमिरर द्वारा "ऑथर ऑफ द ईयर" के लिए भी नामांकित हो चुकी हैं। अनुश्री ने अपने शिक्षण संस्थान में भी अपनी कविताओं के लिए पुरुस्कार जीते।

अनुश्री गोस्वामी ३ एन्थोलॉजी में सह-लेखक के तौर पर भी भाग ले चुकी हैं जिनमें 'ओरेंडा : द राइटर लीग', बिशारा पब्लिकेशन द्वारा और 'द सेक्रेड बॉन्ड' व 'स्क्रिबल्ड जज़्बात' बुक स्कीररेल पब्लिकेशन प्रकाशित हो चुकी है और अमेज़न पर उपलब्ध है।

अनुश्री गोस्वामी की बतौर संकलक 'सर्वाइवर : द सोल' एन्थोलॉजी प्रकशित हो चुकी है और वह भी अमेज़न पर उपलब्ध है।

अभिस्वीकृति

मैं यह किताब अपनी माँ सरित प्रवाह गोस्वामी, पिता संजय शर्मा को समर्पित करना चाहती हूँ। मेरी शिक्षिका माधुरी श्रीवास्तव जी को दिल से धन्यवाद जिन्होंने हमेशा मुझे उचित मार्गदर्शन दिया।

मैं अपने भाई आर्यन गोस्वामी का दिल से शुक्रिया करती हूँ जिसने हमेशा मुझपर भरोसा किया।

मेरे दोस्त अतुल सिंह, स्वप्निल सिंह, मानसी चौधरी, मनीषा मीना और तृप्ति अवस्थी को भी धन्यवाद जिन्होंने हर मुश्किल वक़्त में मेरा साथ दिया और मुझे मेरी हर उपलब्धि में सराहा।

२६/११ के शहीदों को श्रद्धांजलि

था दर्द में भी मुस्कुरा रहा,
वो परिंदा कुछ चुप चुप-सा था,
आब जल रही थी आग बन,
वो परिंदा कुछ गुमसुम-सा था !

वो उड़कर चला गया,
हाँ, राख बन फिर चला गया,
फिर भी न जाने क्यों,
कुछ उसके जैसा, मुझमें ज़िंदा रहा !
हाँ, एक इंसान मुझमें ज़िंदा रहा !

मैं कुछ कर नहीं पाया,
मैं दर्द को दर्द कह नहीं पाया,
फिर भी मैं सहमा रहा,
और उसके दर्द को न जाने क्यों,
मैं भी, सहता रहा !

फिर अनायास एक खयाल आया,
जो हुआ अब होने नहीं दूँगा,

मैं अपनी नज़रों के सामने,
उनका खून होने नहीं दूँगा !
मैं अब दर्द को, दर्द नहीं होने दूँगा !

हाँ मैं चुप अभी भी हूँ,
पर मेरी कलम सब कह जाएगी,
मैं उनकी रूह छू आऊँगा,
मेरी कलम ही मेरी रूह बन जाएगी !

अधूरे रिश्ते

अधूरे-अधूरे रिश्तों का,
कुछ टुकड़ा जमा किया है,
हमने ज़िन्दगी का यहां,
कुछ पन्ना जमा किया है !

कुछ पल में उनके यूं,
मुरीद हो गए हम,
उन्होंने भी हमको,
वक़्त अपना अदा किया है !

वक़्त कम था,
पहचान नई थी,
पर मिले कुछ यूं,
रिश्ते सदियों पुराने ही लगे !

जुड़े हम उनसे,
कुछ इस कदर एक पल में,
कि जैसे जुड़ने में सबको,
ज़माने लगे !

ये चार दिन का साथ,

अब बीत चला है,
हर शख्स पर यहां,
अपना हो चला है !

हम भूल न पाएंगे अब,
ये दिन ये रातें,
याद रहेंगी हमें,
सदा ये मुलाकातें,
कुछ पल की मुलाकातें !

आईना

जीवन के किसी भी मोड़ पर,
रुकना नहीं!
हौसला गर टूट जाए,
तुम टूटना नहीं!

मुसाफिर,जान ले तू,
रहस्य ये ज़िन्दगी का,
राह ही है मंजिल,
मंजिल-सी मृगतृष्णा नहीं!

है जीवन बह रहा,
जैसे एक विशाल नदी,
तू भी बह रहा, बन नदी,
नहीं, तू स्थूल-देह नहीं!

तू आकाश, ज़मीं, तू ही वायु है,
अनगिनत तारे आकाश के,
जितनी तेरी आयु है!

मिट जाएगा ये वस्त्र शरीर-सा,
तू नहीं मिटेगा,

फिर तू खुद ही खुद से,
कब तक यूँ लड़ेगा!

बहरहाल ये ज़िन्दगी,
एक बंद कमरे में कैद है,
जब तक इस मोह-माया से,
तू खुद निकलेगा नहीं!

है राह तेरी, मंज़िल तेरी,
तू इस पथ का राही है,
मंज़िल की मंज़िल भी तू है,
जब तक तू रुकता नहीं!

आज खुद को आज़ाद कर,
इनाम दे इस इश्क़ का,
फिर जो दिख रहा दर्पण में,
वही आखिरी मंज़िल है,
शेष अब कुछ भी नहीं...!

आज फिर

आज फिर बारिश हुई,
पर केवल उसके घर,
सन्नाटे में चुपचाप,
एक शोर खत्म हो गया !

आज फिर मोहब्बत हुई,
पर फिर उनके ही दर,
समाज मोहब्बत को,
बेकार समझ बैठा !

आज फिर सवेरा हुआ,
पर केवल उनके लिए,
जो अपना हर सपना,
साकार कर गया !

आज फिर लौटा मैं घर,
पर सब दुःखी हुए,
मैं ज़मानत को अपनी,
आज़ादी समझ बैठा !

आज फिर ज़िन्दगी का,
एक पन्ना पलट गया,
और मैं हर पन्ना,
जलाकर चला गया !

आज फिर वो सहमी रही,
कई चेहरे बावले हुए,
इंसानियत को कोई,
आम समझ बैठा !

आज फिर वो बचपन याद आया है

आज फिर वो बचपन याद आया है,
किसी की दुनिया ने हमारी दुनिया को जगाया है।
वो दुनिया जहाँ सिर्फ सपने पलते थे,
आज उन सपनों ने हमे कहाँ लाकर बसाया है।

वो दुनिया जहाँ परछाई भी दोस्त हुआ करती थी,
हर पल में हमदर्द हुआ करती थी।
जिस दुनिया में हम हँसते थे दिल खोल के,
उस दुनिया में हर दिल में दुआएं होती थीं।

वक़्त ये हमें कहाँ बहा ले आया,
कहीं दूर कश्ती के पास उठा लाया।
हम बैठे थे अपनी कागज़ की नैया में,
अपनी उस दुनिया से पार ही ले आया।

हुआ मशहूर जग पर उन्ही किलकारियों से,
उन्हीं मुस्कुराहट से, उन्हीं जज़्बातों से।
जिस दुनिया को हम कहते थे बचपन,
उन्हीं नादानियों से, उन्हीं शरारतों से।

वो दुनिया जो उड़ा ले गयी हमें,
किसी रौशनी की स्याही में,
नदी किनारे बैठी किसी मंज़िल की ख्वाहिश में,
किसी पेड़ की शाखा में, किसी सपनों के आँगन में।

"आज फिर वो बचपन याद आया है...।"

आज में जिया जाये

वक़्त की इस आँधी में,
उड़ता है हर इंसान,
कोई वक़्त को थाम लेता है,
किसी को वक़्त थाम लेता है।

पर दोनों ही रास्तों पर,
ज़िन्दगी रुकती नहीं है,
इंसान थम जाता है,
ज़िन्दगी थमती नहीं है।

तो क्यों न इस ज़िन्दगी को,
खुल के जिया जाये,
खुल कर रोया जाये,
खुल कर हँसा जाये।

गिरते, संभलते, उठते
ज़िन्दगी को परखा जाये,
क्यों न आज कुछ नया किया जाये,
आज बस आज में,
पूरी ज़िन्दगी जिया जाये।

जल को थामना आसान नहीं,
चलो जल समान ही बहा जाये,
सूरज की रौशनी में नहाया जाये,
बस, आज आज में जिया जाये।।

आभास

थी कमरे में कैद,
या कैद थी अपनी ही -
आकांक्षाओं में,
चुप तो थी बाहर,
भीतर बड़ा शोर था,
अलग नहीं थी उनसे पर,
अलग कर लिया था,
वो भी एक वक्त था,
जब हँसना छोड़ दिया था।

लाख समझाया खुद को,
पर समझ थी ही कहाँ,
वो बचपन भी था कैसा बचपन,
जब खेलना छोड़ दिया था।

आज जब नींद खुली,
एहसास हुआ,
कुछ रह गया पीछे,
कुछ अपना - सा,
आँखें बंद की तो,
आभास हुआ,

बचपन पीछे छूट गया।

मैं जस की तस बैठी रही,
वो बचपन मुझे निहारता रहा,
फिर पास आया मेरे और कहने लगा,
तुमने जीना पीछे छोड़ दिया।।

फिर उँगली थाम कर वो मेरी,
चार कदम को आगे बढ़ा,
संग उसके एहसास हुआ,
मैंने चलना पीछे छोड़ दिया।

अब करती क्या,
आँखें भर आईं,
अश्रु पोछकर मेरे वो,
तुतलाकर कहने लगा-
अब तो मैं भी शून्य, तुम भी शून्य,
चलो शून्य से शुरू करते हैं !

थोड़ा - सा और रोई मैं,
फिर देकर एक मुस्कान उसे,
आगे बढ़ी थामे हाथ उसका,
कुछ बदल गया, एहसास हुआ,
शायद, आज मैंने,
जो छूटा, पीछे छोड़ दिया।।

आसिफा

न समझ किसी मज़हब की,
न समझ अखबारों की,
छप गयी उन्हीं में तस्वीर,
एक नहीं हज़ारों की !

उसको क्या पता,
किस मुल्क की वो,
इंसान में ही फिर,
इंसान ढूँढती वो !

रह रह कर आवाज़ कांपती है,
जब भी तस्वीर सामने आती है,
पिता के दिल की दास्ताँ,
घर की खामोशी सुनाती है !

जिसकी हँसी में जन्नत थी,
अब सन्नाटा उसे पुकार रहा,
नम आँखों से हर इंसान,
फिर उसकी नज़र उतार रहा !

जिसमें खुद ईश्वर रहता है,
कण - कण में जिसके बहता है,
और लोग परेशान हो कह रहे,
मंदिर में ऐसा कौन करता है ?

उम्र के इस पड़ाव पर

उम्र के इस पड़ाव पर,
कई सपने होते हैं आँखों में,
कुछ सपने पूरे हो जाते हैं,
कुछ पीछे छोड़ आते हैं हम !

न जाने कितने ही संसार को,
जी रहे होते हैं भीतर,
कितने सच्चे-झूठे ख्वाब,
सजा रहे होते हैं हम !

इस पल-पल बदलती दुनिया में,
कई किरदार निभाते हैं हम,
कई पुराने रिश्ते छूट जाते हैं,
कई नए रिश्ते बनाते हैं हम !

उम्र के इस पड़ाव पर,
बदल जाते हैं हम,
खुद को खोकर,
नए हो जाते हैं हम !

एक चेहरा है

एक चेहरा है,
जो मुस्कुराता ही रहता है !

जैसे चांद ज़मी पर उतर आया हो,
जैसे नूर सूरज का जल में समाया हो,
जैसे ख्वाब पुराना फिर से सजाया हो,
जैसे दिल को किसी का खयाल आया हो !

कुछ ऐसे, एक चेहरा,
खिलखिलाता ही रहता है !

उसे मालूम है रात भी होती है,
उसने देखा है चांद को भी रोते,
उसे मालूम है हकीकत कुछ और ही थी,
उसने देखा है यार को खोते !
एक चेहरा है, जो फिर भी,
हंसाता ही रहता है !

वो चेहरा, तस्वीर में नहीं,
सीधा दिल में उतरता है,
वो सारे टूटे आईनों के,
सीधा पीर में उतरता है !

एक चेहरा है,
जो दर्द छुपाता ही रहता है !

वो वाक़िफ है,
अपनों के रूठ जाने से,
कुछ सपनों के टूट जाने से,
रिश्तों के छूट जाने से !

फिर भी, एक चेहरा है,
जो आईना बन, सच दिखाता ही रहता है,
बस, मुस्कुराता ही रहता है !

एक नई राह की ओर चला

कहाँ हूँ मैं उड़ चला,
कहाँ से उड़कर आया हूँ,
क्या वजूद है मेरा,
किसका मैं सरमाया हूँ -
किसकी ख़ामोशी में डूबा,
किसका है ये सारा जहान,

कौन कहे फिर मुझको तू तो,
हर वक्त मेरा बनके रहा -
वो शक्ति है क्या मेरी,
जो भीतर - भीतर जल रही,
जिसके आसरे मेरी ज़िन्दगी,

छुक - छुक करती चल रही -
हर पल यहाँ, हर पल वहाँ,
हूँ आखिर मैं कहाँ उड़ चला,
क्या देश मेरा, क्या वेश मेरा,

किस दुनिया को मैं छोड़ चला -
एक नयी दुनिया कि आस में,
उड़ने कि उस प्यास में,

जल रही थी जो आग भीतर,
रख उसको विश्वास में -

वक्त ने सीखने को,
कितना वक्त है दे दिया,
मैं वक्त को ही भुलाकर,
एक नई राह कि ओर चला -

प्रारम्भ करने को नया युग,
मैं वक्त कि पाबन्दी तोड़ चला,
उन उम्मीदों को पंख देने,
एक नयी राह की ओर चला -
एक नई राह की ओर चला...।

एक नज़्म है वो

सौम्य मुस्कुराहट, मधुर आवाज़,
मोहब्बत को बयां करती,
एक शायरी, एक नगमा,
एक नज़्म है वो !

शीतल नयन, नूरानी चेहरा,
दिल में उतरता,
संवरता, निखरता,
एक ख़्याल है वो !

बरस जाती है वो,
बारिश की बूँद जैसे,
शांत, संपूर्ण,
एक अलग दुनिया है वो !

अंजान एक आहट है,
पर जानी पहचानी लगती है,
वो वक्त, वो एक पल भी,
जैसे मेरी रूह है वो !

एक बार हँस कर तो देख हँसी

सागर भीग जायेगा,
हवाएँ शीतल हो जाएँगी,
खुशियाँ ही खुशियाँ बिखर जाएँगी,
एक बार हँस कर तो देख हँसी।

तू हँसेगी तो सारा जहाँ हँसेगा,
तू हँसेगी - रब हँसेगा,
तेरी मुस्कान की मिठास को हम में घुलने दे हँसी,
एक बार हँस कर तो देख हँसी।

बड़ा खुशनसीब है वो,
जो तेरी हँसी में हँसता है,
तेरी ख़ुशी में बसता है,
तुझमें ही जीता है, तुझमें ही मरता है,
एक बार हँस कर तो देख हँसी।

जो मैं गीत यूं ही गुनगुनाऊँ तो तेरा आना तय है,
जो मैं साथियों संग खिलखिलाऊँ तो तेरा आना तय है,
जो मैं रोते को हँसाऊ, किसी से प्यार जताऊँ,
तो तेरा आना तय है।

कर ले आज जीवन का असली दीदार,
आँसुओं में भर दे इतनी मिठास,
कि जब वो आएँ, संग तू आये,
जब वो जाएँ, तू यहीं थम जाये,
कर दे आज आँसू पर जीवन निसार,
कर दे आज नफरत पर प्यार की बौछार,
एक बार हँस कर तो देख हँसी।।

एक मुस्कुराहट

दुनिया में गम बहुत था,
एक मुस्कुराहट बाँट लेते,
तो क्या कम था !

नज़रों को फेरकर अपने,
मुलाकात न की उस अनजान से,
दो आँखें गंर सत्कार कर लेतीं,
एक दूसरे का,
तो क्या गम था !

वो जो उसकी बकबक से,
परेशान थे तुम,
वो बरसों का डरा,
सहमा इंसान,
तुमसे थोड़ा दुख बाँट लेता,
तो क्या गम था !

वो जिसकी शाँति,
तुम्हें काट रही थी,
बरसों बाद जिसे मिलीं थी खुशियाँ,
उसकी शाँति का तुम भी,
सम्मान कर लेते,

तो क्या कम था !
किसी के शरीर को काटकर,
उसको चोट पहुँचाकर,
क्या पाया ही तुमने ?

आत्मा उड़ गई जो आकाश में,
शरीर भी प्रतिरूप उड़ जाता,
तो क्या गम था !

तुम्हें दिक्कत है अल्लाह से,
तुम्हें दिक्कत है भगवान से,
अरे, तुम्हें दिक्कत है इंसान से,
तुम्हारे जैसा एक इंसान न बनता,
तो क्या कम था !

वो जो सिखा रहे तुम्हें रात - दिन,
कि ये दुनिया बहुत मतलबी है,
गर वो हर इंसान,
अपने मतलब से न जीता,
तो क्या कम था !

दुनिया में चाँद के दीवाने तो बहुत थे,
तुम कर लेते एक तारे से प्यार,
तो क्या गम था !

एक सलाम हमारे सैनिकों के नाम

वतन पर मर मिटने का,
वो जुनून लेकर चलते हैं,
वो पहचान हैं इस देश की,
सपनों की धूल लेकर चलते हैं।

उनकी कशिश हवाओं में,
बहती है कुछ इस कदर,
उनके आने की आहट से ही,
गगन में फूल खिलते हैं।

है एक घर भी उनका,
कहीं किसी कस्बे, किसी गली में,
पर वो तो देश को ही,
अपना भेष बनाकर चलते हैं।

आँखों में आँसू,
यूँ तो, नज़र आता नहीं,
वो इंसान यूँ तो,
मरने से कतराता नहीं।

पर आंच आ जाए,
देश की बेटी को गर,
उनके आँसू बंदूक के,
गोले बन चलते हैं।

सलाम है उस नाम को,
जो देश के लिए जीता,
और देश के लिए ही मरता है,
वो सैनिक है इस देश का,
उसमें सारा देश रहता है।

गर एक शपथ हम कर सकें,
तो कर लें खुद से आज ये,
चल देश के लिए ही जीते हैं,
चल देश के लिए ही मरते हैं।

कपड़ा

वो कपड़ा किसी की मुस्कान हो गया,
किसी का कल था, किसी का आज हो गया,
वो तोहफ़ा बन किसी ज़रूरतमंद का,
उसके लिए खुशियों का त्योहार हो गया!

कपड़ा ही तो था, पुराना-सा भी था,
पर किसी के लिए वो एक सपना-सा ही था,
कोई सोना, कोई हीरा जड़ा न था उसमें,
एक मामूली सूती, पर उसके लिए तो सोना ही था!

पहनकर वो नयी पोशाक नाच रही थी,
कपड़े को यूँ ही मंद-मंद ताक रही थी,
बेजान-सी उस मिट्टी में फिर जान आ गयी,
मन में फिर उसके ये बात आ गयी!

"मेरे जैसे न जाने कितने, कपड़े को तरसते हैं,
और किसी से दान की आशा रखते हैं!"
दानवीरों की टोली से, सीखी उसने एक अच्छाई,
थोड़ा सोची, थोड़ा समझी, फिर मंद-मंद मुस्कुराई!

"अब मैं भी पढ़-लिखकर खूब नाम कमाऊँगी,

फिर बनकर एक नयी सोच किसी के काम आउंगी,
कपड़ा हो या खाना, हर ज़रूरतमंद तक पहुँचाउंगी,
होती क्या है इंसानियत, सीखूँगी, सिखाऊँगी !

था तो एक कपड़ा ही, क्या कमाल कर गया,
एक दीया जलाकर, जग रोशन कर गया,
वो बेजान इंसान को इंसानियत सीखा गया,
किसी के लिए बेवजह था,
किसी के जीने की वजह बन गया!

कर सकूँ कुछ ऐसा

मौन रहकर भी चहक लूँ,
कर सकूँ कुछ ऐसा, आज कर लूँ,
लोगों के दुखों को अपना बनाकर,
खुद के ऊपर थोड़ा गर्व मैं कर लूँ।

मुझे चाहिए न आकाश न ज़मीं,
किसी मासूम की उँगलियों में अपना जहाँ धर लूँ,
कर सकूँ कुछ ऐसा, आज कर लूँ,
मेरे ऊपर कोई हँसे, संग मैं भी थोड़ा हँस लूँ।

अपनी ही परछाईं में थोड़ी देर मैं रम जाऊँ,
कहीं सूखे खेत में बादल बन बरस जाऊँ,
ठंडी में आग बनूँ, कहीं कोई ताप ले मुझे,
गर्मी में ठंडी हवा के झोके, थाम लें मुझे।

कर सकूँ कुछ ऐसा आज, कर लूँ,
थोड़ा खुद पर भी बेइंतहा मर लूँ।

मैं बन एक फूल,
किसी के प्यार की निशानी बन जाऊँ,

मैं बन एक मोती,
किसी सीप की सुंदरता की कहानी बन जाऊँ।

मैं बन जाऊँ तट,
लहरों के लिए किनारा बनूँ,
किसी की यादों में बसकर,
उसके जीने का सहारा बनूँ।

इस सपनों की दुनिया को
आज हकीकत कर लूँ,
चाहत बस यही है,
चहुँओर मुझे रब दिखे,
अपने मन को इतना निर्मल कर लूँ।

कर सकूँ कुछ ऐसा आज कर लूँ,
कर सकूँ कुछ ऐसा आज कर लूँ...।।

कल

कल भी एक सुबह होगी,
कल भी नया दिन आएगा,
कल भी वो सूरज निकलेगा,
कल भी चाँद छिप जायेगा।

कल भी सपने साकार होंगे,
कल भी अपने, पास होंगे,
कल भी सुहानी रात आएगी,
कल भी हवा लहराएगी।

क्यों हम कल में ही जीते हैं ?
क्या आज का कोई महत्व नहीं ?
क्या कल ही सबकुछ होता है ?
आज कुछ नहीं ?

आज ही तो ज़िन्दगी बनता है,
उस ज़िन्दगी में हमको लाता है,
कल तो आज पर निर्भर करता है,
आज ही कल का निर्माण करता है।

कल तो कभी आता ही नहीं,
वो भी आज में बदल जाता है,
जो आज में जीना सीख ले,
वो कल को भी बदल जाता है।

कुछ ख्वाबों को पँख नहीं

कुछ ख्वाबों को पँख नहीं,
बस एक आसमाँ चाहिए।
सम्यक एक आज़ाद मंज़िल,
समुद्र - सी गहरी उड़ान चाहिए।

कुछ कर गुज़रेंगे वो भी,
बस थोड़ा सहारा, थोड़ा प्यार चाहिए।
भागती हुई इस दुनिया में,
एकटक देखती एक निगाह चाहिए।

कभी - कभी पँख होते तो हैं,
पर अधूरे से होते हैं वो भी,
बिन पँख उड़ने की वो कला,
वो एक कोशिश हज़ार चाहिए।

न जाने क्या है उस अतीत में,
कि लोग नहीं भूल पाते उसे,
बस उसे भूल जाने का जज़्बा,
आज के तोहफों का आभार चाहिए।

हाँ बस आज,
फिर तुम भी आज़ाद, और मैं भी,
बस फिर एक मुस्कुराहट के साथ,
आत्मबोध करने का ख़ुमार चाहिए।

थोड़ा ठहरकर देखना है खुद को,
थोड़ा समझना, थोड़ा जानना है,
बस फिर गर कुछ चाहिए तो,
जीने की वो एक चाह चाहिए।

कुछ ख्वाबों को पँख नहीं,
बस एक आसमाँ चाहिए।
सम्यक एक आज़ाद मंज़िल,
समुद्र - सी गहरी उड़ान चाहिए।।

कुछ तुम लिखो, कुछ हम लिखें

कुछ तुम लिखो,
कुछ हम लिखें,
ये चाय का प्याला,
खतम न हो जब तक!

ये मगरूर सुबह,
आशिक़ाना शाम न हो जाये,
तब तक!

ये बारिश,
भीग जाए खुद में ही,
ये हवाएँ,
सर्द मौसम-सा कपकपा न उठें,
जब तक!

ये वक्त थम-सा न जाए,
हमारे अनकहे लफ़्ज़ों की,
बारिश में,
ये पलकें पिघलें न,
तुम्हें देखकर,
तब तक!

ये सपना,
हकीकत न बन जाए,
मोहब्बत की इन्तहां का,
यूहीं नज़र,
नज़र को निहारती रहें,
जब तक!

जब तुम लिखना बंद करो,
शाम हो जाए,
ज़िन्दगी की,
ढल जाएँ हम संग-संग,
चलो लिखते हैं तब तक!

कुछ रोज़ाना

कुछ रोज़ाना,
मैं जीत जाती हूँ खुद से,
कुछ रोज़ाना,
हार भी जाती हूँ !

कुछ सीख जाती हूँ,
वक्त से पहले,
कुछ रोज़ाना,
वक्त को सिखा जाती हूँ !

कुछ बदल जाता है,
रोज़ मुझमें कहीं,
कुछ मैं खुद को ही,
बदल जाती हूँ !

कुछ रोज़ाना,
हँसती हूँ खुलकर,
कुछ खुद को हँसाकर,
समझा जाती हूँ !

कुछ रोती भी हूँ,

नासमझी में,
कुछ खुशी से सबको,
रुला जाती हूँ !

बस मैं ऐसी ही हूँ,
बस यही मेरा किरदार है !

कुछ रोज़ाना,
लिख जाती हूँ,
अनायास ही !

कुछ लिख जाती है,
मेरी कहानी,
अनायास ही,
रोज़ाना !

क्या खोया, क्या पाया?

कभी - कभी सोचती हूँ,
क्या पानी में तैरती मछली भी
कुछ खो सकती है?
और अगर खोती भी है,
तो अपनी ज़िन्दगी से कुछ सवाल क्यों नहीं करती है ?

कभी - कभी यूं ही लगता है,
पूछूँ कुछ सवाल जब दिखे
मेरा खुद का साया,
पर डर लगता है ज़िन्दगी यूं ही न बीत जाये सोचते हुए,
क्या खोया और क्या पाया ?

जीवन के यथार्थ में बहुत कुछ है खोया और पाया,
पर क्या इसी को कहते हैं जीवन की असली माया,
हर किसी के जीवन की कुछ न कुछ कहानी होती है,
कभी खोना कभी पाना ही,
असल ज़िन्दगी की निशानी होती है !

कभी हम खोने को मृत्यु से, पाने को जीवन से जोड़ बैठते हैं,
कभी इस भ्रम में खुद ही को खुदा से तोड़ बैठते हैं,
जोड़ ; तोड़ की इस प्रवृति ने हम सबको है भरमाया,
इसलिए मेरा प्रश्न अब तक अनुत्तरित है -
"क्या खोया और क्या पाया...?"

खुद से जीत जाती हूँ

मंज़िल की,
चाह में,
अक्सर हार जाती,
थी राह में !

अब राह ही,
मंज़िल जान लिया,
रुकना नहीं है,
ठान लिया !

अक्स ढूंढ कर
अपना खुद में,
प्रतिद्वंद्वी उसी को,
मान लिया !

ठोकर खाकर अब,
जल्दी सीख जाती हूँ,
हार कर दुनिया से,
खुद से जीत जाती हूँ !

खुद ही में खुद को ढूँढ लू

मैं खुद को धरा - सा सबल कर लूँ,
क्या हो गर खुद को भूलकर,
एक नयी दुनिया में कदम रख लूँ!

मैं बन जाऊँ वो रात जिसमें सिर्फ उजाला हो,
मैं बनकर सुख का एहसास सबके दुखों को कम कर लूँ,
मैं खुद से खुद को आज़ाद कर,
खुद ही में खुद को ढूँढ लूँ!

मैं खुद से ही हारकर खुद से ही जीत लूँ,
मैं खुद को आज इतना काबिल कर लूँ,
कि अपने आँसुओं में मुस्कराहट को भी शामिल कर लूँ,

मैं इस दुनिया में अपनी सपनों की दुनिया को लाकर,
एक नयी दुनिया का आगाज़ करूँ,
मैं जो भी रहूँ, मैं कुछ भी रहूँ,
बस खुद को खुद से आज़ाद कर लूँ,

मैं अपनी हर बात पर अमल कर,
अपने सारे सपनों को सच कर लूँ,
बस आज कुछ ऐसा कर लूँ...।

खूबसूरती

खूबसूरती,
उनकी मुस्कुराहट की,
उनकी सादगी की,
वो जैसे हैं, उनकी हर आदत की।।

न जाने क्या है ऐसा,
कि ओझल ही नहीं होते आँखों से,
उनकी हर शरारत, उनकी इनायत की।
खूबसूरती उनकी हर बात की।।

हर वक़्त मन में जो है,
उन सभी सिमटी यादों की,
खूबसूरती हर शिकायत की,
एक जानी - पहचानी आहट की।

जो हैं बहुत शांत से,
चेहरे पर एक मासूमियत लिए,
खूबसूरती उनके बांकेपन की,
क्या तारीफ़ करूँ, उनकी इंसानियत की।।

हाँ, वो कोई और नहीं,
खूबसूरती की परिभाषा हैं,
वो पँछी, वो पेड़, वो नदी,
वो जो देख रहे हो न आकाश में,
हाँ, वही खूबसूरती,
अनगिनत सितारों की,
अनंत, अदम्य,
हर एक कण, हर क्षण की !

जो छिपा है हमारे भीतर कहीं,
खूबसूरती उस भगवान की,
जहाँ से हुआ, सृष्टि का सृजन,
हाँ बस वही, खूबसूरती !

खूबसूरती उनकी वो ग़ज़ल है

खूबसूरती उनकी
वो ग़ज़ल है,
जो लिख सकूँ,
इतने लफ्ज़ कहाँ पास मेरे!

पर किसी शायर के ख्वाब में,
वो चेहरा,
जो कलम की राह बन,
शब्दों को पिरोकर,
पन्नों पर बिखर जाता है,
बनकर कोई इश्क़-सा!

हर किरदार पढ़कर जिसे,
महसूस कर पाता है,
खुद को किसी प्यार-सा!

जब डूबकर उस शायरी में,
एक चेहरा नज़र आता है,
शांत-सा, प्यारा-सा!

वो चेहरा तुम हो,
वो चेहरा
सिर्फ तुम हो!

गर मुमकिन हो

गर मुमकिन हो मंज़िल न सही,
राह ही बन जाओ,
तुम मेरा कल न सही,
आज ही बन जाओ !

हाथों की लकीरों में,
छिपी है ख़ामियाँ कई,
उनके बदल जाने की,
आस ही बन जाओ !

मेरी भूली-बिसरी यादों में,
छिपे हुए दर्द हैं,
तुम मेरे कल की खूबसूरत,
याद ही बन जाओ !

खो चुका हूँ अपनी,
नादानियाँ कहीं पीछे,
तुम मेरी मासूमियत की,
पहचान ही बन जाओ !

गुज़ारिश

एक गुज़ारिश है तुझसे,
खुद पर ये तू एहसान कर,
जो ख्वाहिशें तुझे मिटा रहीं,
खुद को उनसे आज़ाद कर।।

जो बनाई हैं खुद से बंदिशें,
उन बंदिशों को तोड़ दे,
आज तू हर काली घटा के,
रुख को बेवक़्त मोड़ दे।।

कर दे ये अब एलान तू,
बन जा फिर से इंसान तू,
जो आग से भी न जले,
बन जा वो ही चट्टान तू।।

फिर उस छोटी पंखुड़ी की तरह,
बेसुध हवा में उड़ जा तू,
फिर तारामीन की तरह,
गहरी नदी में डूब जा।।

बदल दे तू खुद को लेकिन,
तेरा ज़मीर न बदलने पाए,
तू जहाँ भी जाए फिर,
सारी खुशियाँ तुझमें मिल जाएँ।।

इस छोटी - सी गुज़ारिश को,
तू जो अमल कर जाएगा,
क्या चीज़ तू बन जाएगा,
खुद बयां नही कर पाएगा।।

गुरु

टूटा एक तारा ज़मीं पर,
बड़ा मासूम बड़ा प्यारा था,
न नाम पता था उसको खुद का,
न उसका कोई ठिकाना था।

थाम कर उसकी उँगली जो,
आपने चलना सिखाया था,
चलते-चलते आज वो,
इस काबिल बन पाया था।

जो सीखा था कल आपसे,
आज दुनिया को सीखा रहा था,
बनकर वो फिर एक रोशनी,
सबको राह दिखला रहा था।

वह आपकी ही एक परछाई बन,
आपसे ही आज रूबरू हो रहा,
आपका ही शिष्य वो,
आपके नत-मस्तक हो रहा।

कि ऐसा गुरु गर मिल जाये,
हर तारे को, तो सोचो,
दुनिया कैसी होगी,
कि फिर कहीं कोई अँधेरा न होगा,
बस एक चमचमाती रोशनी होगी।

हम करते हैं आपको नमन,
हृदय से आभार,
शिक्षा का मूल्य जो सिखाते हैं हमें,
और जीने के गुण अपार !

चलूँ की रूक जाऊँ ?

कैसे, क्या करूँ,
चलूँ की रूक जाऊँ ?

बह चलूँ हवा संग,
या सोच लूँ पल भर ठहरकर,
ज़िन्दगी को पा लूँ फिर,
या खुद को ही भूल जाऊँ,
कैसे, क्या करूँ,
चलूँ की रूक जाऊँ ?

न मंज़िल नज़र में है,
न राह कोई सुखद,
अजनबी मोड़ है,
अजनबी डगर,
मैं बांध लूँ पिंजड़े में खुद को,
या बिन पर उड़ जाऊँ,

कैसे, क्या करूँ,
चलूँ की रूक जाऊँ ?

ठंड हवा भी ताप लग रही,
नदी में डूबी हूँ, पर प्यास लग रही,
कैसा अजीब मंज़र है,
घर पास है,
फिर किस घर की आस है,
मैं खुद से खुद को आज़ाद कर लूँ,
या खुद में बंद हो जाऊँ,

कैसे, क्या करूँ,
चलूँ की रूक जाऊँ ?

चाह

जो मिला, उससे दूर रहा,
जो दूर रहा, उसके करीब जाता रहा !

जो दूर रहा, वो पास न आया,
जो पास आया, उसे खोने का,
डर सताता रहा !

जो पाया, उसे मिटा दिया,
जो मिट गया, उसका अदृश्य,
महल बनाता रहा !

जो रहा मैं,
वो तो कोई और था,
जो कोई और था,
खुद को वही बनाता रहा !

चिड़िया

रात होते ही चिड़िया छिप जाती है,
अंधेर में देखना तनिक कठिन होता है,
फिर सुबह उसकी चहचहाहट सुनकर,
मुझे भी जागने की इच्छा होती है !

जागना नींद से नहीं,
कल से !
जैसे चिड़िया सबकुछ भुलाकर,
एक नई शुरुआत करती है,
शायद कल रात आँधी में,
घोंसला उड़ गया था उसका,
आज बड़ी हैरान - सी दिख रही थी,
सुबह इधर - उधर नज़र घुमाकर,
तिनका ढूँढ रही थी शायद !

आत्मविश्वास की कायल हो गई मैं उसकी,
उसका तो घर ही उजड़ गया,
कोई बनाकर भी नहीं देगा उसे,
खुद बनाएगी, रहेगी,
फिर टूटेगा आँधी में किसी दिन,
पर हार नहीं मानेगी !

जब तक जियेगी, घर बनाएगी,
सपनों में नहीं, हकीकत में जीती है वो,
इसलिए जानती है सबकुछ आसान है,
मैं तो देख पा रही हूँ उसको,
शायद यूं ही रोज़ देखते - देखते,
सीख जाऊँगी मैं भी,
शून्य से शुरू करना ज़िन्दगी,
तजुर्बों को संग लिए...।

चिराग

चिराग,
स्वयं जलकर भीतर,
प्रज्जवलित करता संसार को,
जिस तरह हर मनुष्य,
रचता है संसार को,
हर एक दीये की अपनी ही,
एक अलग पहचान होती है,
कि जिस तरह मनुष्य के कर्मों से,
उसकी शख्सियत महान होती है।

जब मिल जाते हैं हर दीये,
तब रोशन होता ये जहान,
कि जैसे मनुष्य के अथक प्रयासों से,
हर चेहरे आती है मुस्कान,
कि जब हम कितने फूलों को,
अंधेरे से उजियारे में लाते हैं,
तभी उनकी असल सुंदरता,
महसूस हम कर पाते हैं।

ठीक वैसे ही -
जब हर आँगन ज्ञान की रोशनी छाएगी,
हर ओर दीये जलेंगे,
हर घर, दीवाली मन जाएगी।।

ज़मीं

ज़मीं को भी खुद पर गुररूर रहा होगा,
उसे भी खुद पर हैरानी हुई होगी,
जब पता चली होगी उसे अपनी हकीकत,
कि उसकी दुनिया स्थिर - सी रहेगी।

जिस तरह हम डर जाते हैं,
यह जानकर कि ज़िंदगी,
इस एक घर में गुज़ारनी है,
कि जैसा भी शरीर मिला है,
उसी में ज़िन्दगी काटनी है।

नहीं सीख पाते हम,
इस ज़मीं से,
कि स्थिरता भी एक कला है,
वो स्थिर रहकर ही खुद में,
हीरे तराशती है।

वो खुशियाँ ढूँढती है,
अपने भीतर,
भटके हुए राही को,

राह भी दिखलाती है।

गर सीख सकें इस ज़मीं से हम,
स्थिर रहना -
फिर ज्ञात होगा हमें,
कि खुशियाँ तराशने कहीं नहीं जाना।

स्थिरता में ही धैर्य समाया है,
धैर्य से ही एक सफ़ल इतिहास बन पाया है,
कि ज़मीं ने भी अपना गुरूर त्यागा है,
धैर्य तो अब इतना है उसमें,
कि आकाश भी उसके आगे,
सर झुकाता है।।

जाग रहे हो ना

जाग रहे हो ना,
कि सोए हो,
मंज़िल और राह एक ही है,
न जाने तुम किस चाह में खोए हो !

बैठे बैठे जग की तकलीफें निहार रहे,
अपनी खुशियों की पोटली को,
किस नदी में भिगोए हो !

जाग रहे हो ना,
कि सोए हो !

तुम्हें लोगों से आस है,
मंज़िल की तलाश है,
भीगना तो है पर,
बारिश की प्यास है !

कितने ऐसे ख्वाबों की,
चादर पिरोए हो,
जाग रहे हो ना,
कि सोए हो !

जाने किसका इंतज़ार है,
किस अजनबी की तलाश है,
खुद से प्यार करने की,
कितनी दूरी तय किए हो !

जाग रहे हो ना,
कि सोए हो !

गर दिल की सुन लो,
मन हताश है,
गर मन जीता,
दिल उदास है !

कभी खाली बैठे,
दोनों से मशवरा किए हो !

जाग रहे हो ना,
कि सोए हो !

ज़िन्दगी

हर ख्वाब नई उम्मीद जगाता है,
फिर न जाने कहाँ गुम हो जाता है,
हम भी बदलते हैं,
ख्वाब भी बदल जाता है,
उम्मीदों का हर अल्फ़ाज़ बदल जाता है ।।

कि याद आता है कोई,
जब छोड़ कर चला जाता है,
हर उम्मीद हर सपनों को,
तोड़ कर चला जाता है ।।

फिर हम सोचते थे जिनके बिना,
ज़िन्दगी के क्या मायने,
हमारा आज, हमारा कल,
उनके बगैर भी संभल जाता है ।।

फिर ज्ञात होता है हमें,
की चल रहे हम तो अकेले ही हैं,
हैं साथ जो वो भी तो,

अपने-अपने पथ के राही हैं ।।

परंतु, उम्मीदें टूटती नहीं हैं,
ख्वाबों की डोर छूटती नहीं है,
जब याद आता है कोई अपना,
फिर कहीं किसी रोज़,
हम खुद से सवाल करते हैं-
कैसे जी गए हम उनके बिना भी ?!

ज़िन्दगी को जीत पाना अब सीखा

रात के अँधेरों में जलते उजाले को देख,
गम में खुशियाँ मनाना अब सीखा।
बादलों के पीछे छिपते सूरज को देख,
हारकर जीत जाना अब सीखा।

गाड़ियों के पहियों से घुटती सड़कों को देख,
दर्द में मुस्कुराना अब सीखा।
उस मासूम चिड़िया को स्वगृह निर्माण करता देख,
सपनों को मंज़िल बनाना अब सीखा।

हवा में उड़ती उस छोटी पंखुड़ी को देख,
खुशियों के पल को ज़िन्दगी बनाना अब सीखा।
आँधियों से लड़ते उस हरे पत्ते को देख,
निडर होकर मुश्किलों को हराना अब सीखा।

बच्चों से हारकर खुश होते माँ - बाप को देख,
अपनों की खुशियों को अपना बनाना अब सीखा।
जीतकर भी सारी दुनिया से जीत न पाया कोई,
ज़िन्दगी को जीत पाना अब सीखा।

जीवन

अविरल अश्कों की धारा,
बहती हुई नदी की तरह,
मुझमें बह रही कहीं,
नेत्र कह रहे मुझसे,
तुम अशांत हो !

मन उत्तेजित था जानने को,
कारण अपनी इस अवस्था का,
मन से पूछकर कि -
"क्या है कारण मुझमें इस रिक्तता का"?
मैं निर्वात बैठ गई।

बदलकर स्वर अपना,
मन कहने लगा -
"जीवन का अर्थ रिक्तता में ही पाओगी,
खुद में डूबकर, जान जाओगी !"

मुझे लगा ये मन कितना ज्ञानी है,
बड़ी ही विचित्र इसकी कहानी है,
फिर लगा एक पल,
ये मन ही तो मैं हूँ !

सवाल भी हूँ, जवाब भी मैं हूँ,
रूठकर मन फिर शून्य हो गया !

मन अब मेरा शांत था,
अश्कों को भी आराम था,
फिर ज्ञात हो गया,
अशांत मन में सवाल थे,
शांत मन रिक्त था,
जीवन, मन में लिप्त था।।

डूबा डूबा-सा

कुछ पानी की बूंदों की,
प्यास में डूबा डूबा-सा,
मैं तो उस चाँद की,
आस में डूबा डूबा-सा !

मुझको तो रौशन,
इन अंधेरों ने किया है,
मैं इन अँधेरों की,
साँझ में डूबा डूबा-सा !

मैं तो किसी मोहब्बत,
किसी प्यार का एक अंश हूँ,
मैं भीतर छिपे,
प्यार में डूबा डूबा-सा !

मैं लिख रहा हूँ,
एक अनोखी दास्तां,
मैं इस नज़्म के,
सार में डूबा डूबा-सा !

तारे ज़मीं पर

उम्र कभी प्रतिभा की,
मोहताज नहीं होती,
कि जब तक आकाश अनंत है,
जगमगाते तारों की,
कमी नहीं होगी!

यूहीं कुछ सितारे,
छिपे मेघ के पीछे,
डरे सहमे से,
निकल आते हैं बाहर,
छटने पर मेघ के!

हैरान रह जाते हैं हम,
देखकर चमक उनकी,
जो होती है कुछ ऐसी,
हम भी जगमगा उठते हैं,
रोशनी से उनकी!

उन्हीं में से कुछ तारे,
छिपे हैं, दबे हैं,
जिम्मेदारियों के बोझ तले,

अपनी ख्वाहिशों,
अपने पँखों को,
मोड़कर बैठे हैं!

जिस दिन वो पंख,
फड़फड़ाएंगे,
और उड़ जाएँगे,
अनंत आकाश में!

सूर्य मुस्कुराकर,
खुद छिप जाएगा,
कि तारों की रौशनी ही,
अब इस जहाँ को,
नई राह दिखलाएगी!

तेरे प्यार में ज़िंदा रहूँ

जहाँ किरदार किरदार से जुदा न हो,
जहाँ प्यार प्यार से जुदा न हो,
जहाँ एक नाम में छिपे दो नाम हों,
जहाँ इंसान इंसान से जुदा न हो !

जहाँ पर कोई फासला न हो,
दूरियों की कोई भाषा न हो,
मोहब्बत नज़्म में यूँ घुल जाए,
जाम की कोई आशा न हो !

जहाँ भेद अनेक ही मिल जाएँ,
समझ से फिर वो ढह जाएँ,
जहाँ न तू रहे, न मैं रहूँ,
हम दोनों घुल कर बह जाएँ !

वो इश्क़ का एक नगमा हो,
वो प्यार का एक सपना हो,
तेरी नज़रों की मुझ पर इनायत हो,
कि फिर तू ही मेरी इबादत हो !

मैं तेरे जैसा नहीं, तुझमें रहूँ,
मैं अधूरा-सा, तुझसे पूरा रहूँ,
मैं रहूँ फिर, या न रहूँ,
तेरे प्यार में ज़िंदा रहूँ !

दस्तक

दस्तक है ये ज़िन्दगी की,
ख्वाबों की, उम्मीदों की !

राहों पर उलझे-उलझे,
कुछ अनसुलझे से राही को,
दस्तक किसी के हाथों की,
उसके कंधों पर,
राहत पहुँचाती है !

घर पर इंतज़ार करती,
माँ को उसके लाल की,
दस्तक दरवाज़े पर,
राहत पहुँचाती है !

दस्तक एहसास है,
दस्तक एक आयाम है,
दस्तक तुम भी हो,
दस्तक मैं भी हूँ !

नज़्म

एक पल की,
दीवानगी लिख रहा हूँ,
कवि हूँ,
जिंदगानी लिख रहा हूँ !

खयाल था इश्क का,
हार - जीत का,
सपनों के टूट जाने का,
अपनों के छूट जाने का !

कोई नई शरारत का,
या कि पुरानी,
किसी आदत का !

ख्याल बेवक्त,
बेदर्द मोहब्बत का,
ख्याल सपनों को,
सच कर जाने का !

एक ख्याल ही तो है,
कहानी लिख रहा हूँ,
कवि हूँ,
जिंदगानी लिख रहा हूँ !

पंछी

पंछी उड़ता है आकाश में,
शायद इसी आस में,
कुछ तो कमी आये उसकी प्यास में,
उड़ सके वो इतना ऊपर आकाश में।

पर उड़ते - उड़ते वो भी थक जाता है,
लौटकर अपने घर को आता है,
घर आकर एक सुकून - सा पाता है,
न जाने ऐसा क्या उसे वापस खींच लाता है ?

बच्चा देख उसे खुश हो जाता है,
ची - ची करता अपनी ख़ुशी जताता है,
किसी स्वर्ग - सा लगता है उसे अपना घर,
उस छोटे से घरौंदे में, सारा संसार बस जाता है।

चलो थोड़ा उस पंछी संग, हम भी चीख लें,
परिवार के संग खुशियों में, थोड़ा हम भी भीग लें,
अम्बर पर हाथ हों, धरती पर हो पाँव,
जीने की इस कला को,

गर सीख सकें उस पंछी से तो,
हम भी सीख लें,
हम भी सीख लें...।।

पत्ता

पत्ता था,

सूख गया,

पेड़ से गिरा,

टूट गया!

हवा ने छुआ,

उड़ गया,

उड़कर किसी मिट्टी में,

मिल गया,

मिट्टी को उर्वर बनाने में,

मिट गया!

कहीं किसी की भूख,

किसी की प्यास,

मिटा रहा था,

किसी नए पेड़ की,

शाखा बना रहा था!

जीवन की सच्चाई वो,

जान गया था,

दुनिया के लिए तो,

पेड़ से जब टूटा,

तभी हार गया था!

हारा तो बस उसने,

वो पल था,

जीतने के लिए,

जीने के लिए,

देने के लिए सभी को,

एक नई ज़िन्दगी!

परछाई

मैं हँसती हूँ, क्या वो भी?
मैं रोती हूँ, क्या वो भी?
कभी होती है, कभी नहीं होती,
मैं सच में हूँ, क्या वो भी?

बड़ी मासूम है, बड़ी नादान भी,
पता है क्यों?
सब उसपर से जाते हैं,
वो चुपचाप सह जाती है,
न कभी लड़ती है,
न किसी से डरती है,
बस देखती रह जाती है!

मैं तो लड़ जाऊँ,
सब पर बिफर जाऊँ,
वो चुप रहती है,
बड़ी सहनशील है!
रंग से काली है,
भीतर से प्यारी है,
क्या मेरी आत्मा है?

मेरी सच्ची दोस्त है,
हरदम साथ निभाती है,
मैं जहाँ जहाँ जाऊँ,
मेरे पीछे-पीछे आती है!
मैं उधर-वो इधर,
मैं उधर-वो उधर,
मैं घूमूँ-वो घूमें,
मैं झूमूँ-वो झूमें!

बड़ी अच्छी है, बड़ी प्यारी है,
बचपन से ही सयानी है,
पर करती वह जो मैं कहती,
बड़ी सच्ची-बड़ी सुहानी है!

मैं उसमें हूँ,वो मुझमें है,
हम दोनों एक हैं,
वो मेरा आज,मैं उसका कल,
स्पष्ट, वो मेरी परछाई है!

परिंदा

वो परिंदा जलकर राख हुआ,
तन उसका यूँ ख़ाक हुआ,
पहचान हुई फिर उसकी खुद से,
बहकर फिर वो आब हुआ,
वो परिंदा जलकर राख हुआ!

बेकार हुआ, बेज़ार हुआ,
पानी में जलकर भाप हुआ,
उड़ने की कई उमंगें थी,
वो उड़कर अंबर पार हुआ,
वो परिंदा जलकर राख हुआ!

आज़ादी उसकी उड़ना था,
वो उड़कर यूँ आज़ाद हुआ,
पानी का एक बुलबुला था,
पानी को ही स्वीकार हुआ,
वो परिंदा जलकर राख हुआ!

मुसाफिर वो बेनाम हुआ,
देह से भी आज़ाद हुआ,
परिंदा अब वो रहा नहीं,
जीवन का वो सारांश हुआ,
वो परिंदा जलकर राख हुआ!

पहला प्यार

तुमको खुदा समझूं,
खुद को तकदीर बना लूँ,
मैं तुम्हारे प्यार की,
खुद को तस्वीर बना लूँ !

एक चेहरा लिए यादों में,
चला मुसाफ़िर जीवन भर,
बेपनाह मोहब्बत तुमको,
खुद को नज़ीर बना लूँ !

बना लूँ खुद को,
एक आईना मोहब्बत का,
खुद में मैं तुझको,
देखता रहूँ, बस देखता रहूँ !

बन जा तू शांत-सी,
एक नदी मेरे ख्वाबों की,
मैं तुझमें समाकर,
बहता रहूँ, बस बहता रहूँ !

तुम मेरा इश्क़ हो पहला,
आखिरी भी तुम ही हो,
तुमको मैं जीवन का,
आखिरी सारांश बना लूँ !

हम हो वहाँ जहाँ,
न तू रहे, न मैं रहूँ,
तुझमें खोकर,
मैं खुद को पा लूँ,
मैं खुद को पा लूँ !

पा लिया है खुद को

तुम्हारी हाँ-ना की उलझन में,
सुलझा लिया है खुद को,
अब तुमको पा सकूँ या नहीं,
पा लिया है खुद को !

बदल कर ख्वाहिशें,
और चाह मैंने नई,
जीवन की नई राह में,
ढाल लिया है खुद को !

खुश रहो सदा तुम,
दुआ है यह मेरी,
मैंने तो अब अकेला ही,
जान लिया है खुद को !

पहचान लिया है खुद को,
प्यार दिया है खुद को,
पहले प्यार के पहले ज़ख्म से,
आज़ाद किया है खुद को !

तुम्हारी हाँ-ना की उलझन में,

सुलझा लिया है खुद को,
अब तुमको पा सकूँ या नहीं,
पा लिया है खुद को !

पुरानी हो गयी

फिर कल जो आया तो,
कल की बात,
पुरानी हो गयी !

मैं जीता था कल जी भर के,
और ज़िन्दगी,
पुरानी हो गयी !

फिर जिस राह,
चल रहा था मैं,
वो राह, बेगानी हो गयी !

जहाँ पहुँचना था,
जो मंज़िल थी बरसों से,
वो मंज़िल भी पुरानी हो गयी !

फिर हर ख्वाब,
हर ख्वाहिश,
हर सपने, पुराने हो गए !

जो अपने थे कल,
जिनके साथ था जीवन बिताना,
संग रहने की चाह,
पुरानी हो गयी !

प्रकृति की मुहब्बत

हवाओं की छुअन से,
उन पत्तों के झूमने में,
उस धूल-सी कण के,
कत्थक से नृत्य में,
उन छोटी-छोटी बूंदों का,
मुझे सिरहाने से चूमने में,
एक मोहब्बत-सा महसूस हुआ,
मुझे भी अपने होने में !

जैसे वो सूखे पत्ते,
गा रहे हों खुशियों के गीत,
जैसे वो पल उनका,
हो ज़िन्दगी का आखिरी पल,
वो डगमगाती लौ,
मोम्बतियों के मुख पर,
लग रहीं जैसे,
प्रकृति के कुछ छंद,
बहकर नदी संग,
वो गीली-गीली माटी,
मुस्कुरा रही अलसाई-सी,
यूहीं मंद-मंद !

मैं दूर खड़ी,
दीवार के सिरहाने,
देख रही,
बिना पलकें झपकाए,
प्रकृति की कलाकृति को,
जैसे कोई चित्रकार,
रच रहा हो इतिहास,
चलता-फिरता,
हिलता-डुलता,
हकीकत-सा !

जिसकी मोहब्बत में डूबकर,
मैं भी तृप्त हो जाऊँगी,
जो है एक इबादत,
एक इनायत,
एक मोहब्बत का संगम !

प्रयास

कुछ भीगी हुई सी गलियाँ हैं,
अरमान भी उनके भीगे हैं,
सपनों की बारिश में,
वो देख रहे आकाश को,
नन्हीं आँखें जो नम हो रही,
आसुओं की अलमारी से !

कुछ मिट्टी के टूटे-फूटे मकान हैं,
बिल्कुल उनकी तितर-बितर,
ज़िन्दगी की तरह,
पर ये मकान ढह भी जायें तो क्या,
उनके सपनों का महल, कम है क्या ?

कुछ रोक-टोक भी हैं ज़िन्दगी में,
उनके अपनों की बातों से ही,
किसी दर्द में सिमटी राहत-सी,
पर उन्हें कौन रोक सकता है,
वो बच्चे हैं, ईश्वर स्वरूप,
वो हैं छांव, वो हैं धूप !

कुछ बातें हैं,
जो वो कहते नहीं,
न तुमसे, न मुझसे,
डरते हैं न जाने किससे,
पर वो डर भी उनका छूट जाएगा,
गर हर बच्चा,
बेबुनियादी बंधनों को तोड़,
स्कूल जाएगा !

कौन समझाएगा,
उन्हें ज़िन्दगी के मायने,
उन्हें जीने के फायदे,
लम्हों से मोहब्बत करना,
सच की इबादत करना,
बह जाना बन पानी,
रोकने की चाहे कोई,
कितनी करे मनमानी !

इसलिए बस हम यहाँ है,
ये साथ है, ये जहाँ है,
कुछ सीखेंगे, कुछ सीखाएँगे,
एक बेहतर कल बनाएँगे,
यही उम्मीद है खुद से भी,

बस यही एक चाह है,
बस ये राह ही ज़िन्दगी,
ये एक छोटा-सा 'प्रयास' है !
ये सपनों का 'प्रयास' है !

बन्द कलम की स्याही

कुछ निःशब्द नज़रों की छाप है,
कुछ फटे पन्नों का हिसाब है,
कुछ बदल रहा,
कुछ बदलेगा,
कुछ बदलने की चाह है।

एक नया जहान, एक अपना - सा,
कुछ कच्चा - सा, पर सच्चा - सा,
कुछ मीठा - सा, कुछ खट्टा- सा,
न मेरा - सा, न तेरा - सा,
एक जहान हमारा सजेगा फिर,
हर पन्ना जुड़ता जाएगा,
एक पन्ना मैं, एक पन्ना तुम,
एक किस्सा सब बतलाएगा !

बस एक कदम तुम और बढ़ो,
मैं भी हूँ संग, धीरज रखो,
फिर होंगे सारे सपने सच,
कुछ बच्चों की मुस्कान से,
कुछ उनकी रची किताब से,
ये मौका है तुम गवाना मत,

देकर उम्मीद फिर झुठलाना मत !

चलो चलें फिर बच्चों संग,
उनकी सपनों की ख्वाहिश में,
एक तुम देखो, एक मैं देखूँ,
उस बन्द कलम की स्याही में !

बरखुरदार

बरखुरदार,
मौसम भी बदलते हैं,
इंसान भी चेहरे पढ़ते हैं,
तुम क्यों उदास से रहते हो,
क्यों चुप हो, अब बतलाओ भी ?

कहते हो कि मैं जुदा हूँ,
लगते तो मेरे जैसे हो,
इंसान हो, समझना आसान नहीं,
मानता हूँ तुम्हें कुछ याद नहीं।

फिर किस बात की है नाराज़गी,
अब तो बस ये पल ही है,
कल क्या होगा, कौन जाने !
तुम क्यों कल में जी रहे ?
अब ज़रा मुस्कराओ भी,
देख ज़रा खिलखिलाओ भी,
लो बारिश भी अब हँसने लगी,
तुम क्यों गुमसुम बैठे हो।

चलो कहीं साथ चलें,
सही - गलत से परे,
जहाँ सच हो और आज़ादी हो,
चलो तुम्हारे बचपन में !

लेकर आते हैं उस बच्चे को,
खो बैठे जिसको तुम कहीं,
पर डर है मुझको कि देखकर,
अपनी ही परछाई,
तुम कहीं रो न दो !

बेटा संभल के

मैं उड़ने ही जा रही थी
कि माँ ने कहा -
"बेटा संभल के !"
मैंने कहा -
''माँ तू टोक मत !"

मैं उड़ गई आसमान में
बहुत ऊँचा उड़ी
टकरा गई एक बाज़ से
और गिरने लगी
माँ ने मुझे थाम लिया और कहा -
"बेटा संभल के !"

मैं रोज़ उड़ती वो रोज़ यही कहती।
एक दिन मैंने भी बोल दिया -
''माँ ! तू टोका न कर, तेरी वजह से गिरती हूँ मैं !''

फिर मैं उड़ी तो फिर माँ ने कहा -
''बेटा संभल के !"

मैंने गुस्से में बोलना ही छोड़ दिया
बार - बार गिरकर
ठोकर खाकर मैं उड़ना सीख गई
अपने सपनों को सच करना सीख गई
पर माँ ने बोलना नहीं छोड़ा।

एक दिन आया जब माँ ने सच में बोलना छोड़ दिया
मैंने सोचा,
चलो अच्छा है अब बोलेगी नहीं।

फिर मेरे बच्चे हुए
मैं भी उन्हें उड़ना सिखाती
फिर जब वो उड़ने को होते मैं कहती -
''बेटा संभल के !"

मेरे बच्चे कहते -
''माँ तू टोका न कर !"

अबकी बार माँ की जगह मैं थी
और मेरी जगह मेरे बच्चे
आज समझ आया
माँ के कथन का असली मर्म

माँ क्यों कहती थी
''बेटा संभल के !"

आज समझ आया उसका अधूरा वाक्य
वो कहती थी -
''बेटा संभल के !
कहीं आँधी उड़ा न ले जाये तुझे !"

मैं उड़ गई थी उसी आँधी में
आज समझ आई जब ये बात
हुआ पश्चाताप,
रोने लगी मैं धरा पर बैठे - बैठे ही

मेरे बच्चे तो उड़ चुके थे
किसे कहती मैं अपनी व्यथा ?

तभी आसमान से एक आवाज़ आई
जैसे माँ की थी वो आवाज़
वही पुराने शब्द
पर आज उन शब्दों ने झकझोर दिया
एक नया और अपनापन था उन शब्दों में

वो शब्द थे -
"बेटा संभल के !"

बेबाक बचपन

कुछ लोग कहानियाँ लिखते हैं,
अपने हाथों की लकीरों पर,
कुछ रह जाते हैं खोये,
बनी बनाई तस्वीरों पर,
हम सब ने लिखी हैं,
अपनी - अपनी कहानियाँ,
कभी पर्वत से लड़कर,
कभी पर्वत से सीखकर।

गर पता ही न होती पर्वत की ऊँचाई,
कबका चढ़ गए होते,
गर पता ही न होती समुंदर की गहराई,
एक नई दुनिया की सैर पर होते।

ऐसे ही तो होते हैं बच्चे,
अनजान हर चीज़ से पर क्षमताएँ अनगिनत,
डर नहीं होता ज़िन्दगी में क्योंकि,
डर नाम का शब्द ही नहीं होता।

बचपन में जो सिखा दिए हम,

"हिन्दू - मुस्लिम भाई - भाई",
गर पता ही न होता क्या हिन्दू क्या मुस्लिम,
नज़रिये में हमारी सब इंसान ही रहते।

अब तोड़ दो हर दरवाज़े,
अँधेरों की राह में,
एक नया सवेरा ढूँढ कर लाओ,
नई सोच, नए राग में।

कि जहाँ हम भी बच्चों की तरह,
अनजान ही हों,
जानकर फिर सबकुछ,
हम इंसान ही हों।।

भूल जाता हूँ

भूल जाता हूँ अक्सर,
ज़िन्दगी की भागदौड़ में,
मेरा एक घर भी है,
भूल जाता हूँ!

वो बचपन, वो गलियाँ,
वो घर पुराना-सा पर अपना,
सब पीछे छोड़ आया हूँ,
घर पीछे छोड़ आया हूँ!

याद करता भी हूँ,
तो भी हताश-सा हो जाता हूँ,
क्योंकि ज़िन्दगी का फलसफा,
वापस लौट नहीं सकता!

इसलिए अकेला मदमस्त रहता हूँ,
रोता भी हूँ अक्सर,
रोकर भूल जाता हूँ,
घर भूल जाता हूँ!

मंज़िलों की ख्वाहिशें

मंज़िलों की ख्वाहिशें थीं,
मंज़िलें बनती गईं,
हम न टूटे, वो न टूटी,
राहें भी बनती गईं।

है पंछी तू किस चाह में,
तू एक दिन उड़ जाएगा,
खेल गगन में आँख मिचौली,
खुद खुदा को पाएगा।

है नदी तू किस चाह में,
तू एक दिन बह जाएगी
बाधाओं से लड़ती,
गिरती-संभलती,
समुद्र में मिल जाएगी।

है चित्रकार किस चाह में,
तेरा चित्र भी बन जाएगा,
तस्वीरें स्वप्न में आएँगी,
तू हकीकत में गढ़ जाएगा।

है कवि तू किस चाह में,
तू एक दिन लिख जाएगा,
जब मन में कई सवाल होंगे,
तू खुद जवाब बन जाएगा।

है मनुष्य तू किस चाह में,
मंज़िल खुद चल कर आएगी,
तेरी मेहनत को सर झुकाएगी,
तू देखता रह जाएगा।

मंज़िलों की ख्वाहिशें थीं,
मंज़िलें बनती गईं,
हम न टूटे, वो न टूटी,
राहें भी बनती गईं।

मन चाहता है

ख़ामोशी की आगोश में सो जाने को मन चाहता है,
सपनों की दुनिया में खो जाने को मन चाहता है,
फिर सोचती हूँ क्यों कभी-कभी,
तन्हाई की लहरों से लड़ जाने को मन चाहता है।

सुबह की धूप में गुनगुनाने को मन चाहता है,
शाम के सूरज संग ढल जाने को मन चाहता है,
गर्मियों की धूप से बचने के लिए,
बर्फीली पहाड़ियों पर बस जाने को मन चाहता है।

माँ के आँचल में छिप जाने को मन चाहता है,
दोस्तों के संग खिलखिलाने को मन चाहता है,
अपनों से नाराज़ हैं लेकिन,
दुःख-सुख में साथ निभाने को मन चाहता है।

आज़ाद पंछी संग उड़ जाने को मन चाहता है,
नदियों की धारा में बह जाने को मन चाहता है,
अँधेरी राहों की खुरदुरी सड़कों पर,
दिन के उजाले सा जल जाने को मन चाहता है।

महंगाई

महंगाई, क्यों आई?
आई तो ऐसे, जैसे शहर में बाढ़ आई!
जहाँ देखो वहाँ अपनी जगह है बनाई,
आकर वह किसी के मन को न भाई!
जहाँ देखो, मची तबाही ही तबाही,
ऐ महंगाई, तू क्यों आई?

जहाँ देखो वहाँ अपना रंग है भर दिया,
ऐ महंगाई! यह तूने क्या कर दिया?
सबके मन में अब एक ही बात आई,
वर्तमान में तो घूस ही है कमाई!
बस करो, कह-कहकर थक गए हैं भाई,
आई रे आई,महंगाई आई!

तेल हुआ महंगा, पेट्रोल भी महंगा हुआ,
लाइफ का तो जैसे वेल से हेल हुआ!
लगता है जैसे बेमौसम बरसात हो आई,
नेता और आम इंसान की होती है बस लड़ाई!
लगता है कर ली नेता ने महंगाई से सगाई,
आई रे आई, महंगाई आई!

माँ नहीं होगी तो क्या होगा

माँ होगी तो ज़मी होगी,
माँ होगी - आसमां होगा,
मैं जिस्म- माँ जान
माँ होगी तो क्या होगा ?
माँ दिनभर काम पर थकी होगी
मैं उनका पैर दबाउंगी
माँ रात भर जगेंगी मेरे लिए
मैं चैन से सो जाऊँगी।

ज़रा सोचो,
जिस माँ के पैरों में जन्नत है
उसके सर का मुकाम क्या होगा ?

जिस माँ में रब और रब में माँ,
तब माँ होगी तो क्या होगा ?

माँ प्यार करेगी,
माँ दुलार करेगी,
माँ खुशियों से आबाद करेगी,
माँ दिल होगी,
माँ जान होगी,
जब माँ होगी तो क्या होगा ?

माँ आज बनी - मैं कल,
माँ कल - मैं आज,
माँ माँ बनी - मैं बेटी,
माँ रब - मैं माँ।

ज़रा सोचो,
जिस माँ का अर्थ ही इतना गहरा हो,
उस माँ की ममता का सार क्या होगा ?
जब माँ रब से ज्यादा प्यारी हो,
तब माँ होगी तो क्या होगा ?

माँ होती - मैं होती,
माँ सोती - मैं रोती,
माँ जागती - मैं हँसती,
माँ लड़ती - मैं अकड़ती,

माँ होती - सब होता,
माँ होती - रब होता,

माँ मुझमें होती,
मैं खुद में,

माँ रब में होती,
मैं माँ में,

माँ नहीं तो कुछ नहीं,
माँ से ही सारा जग हसीं

ज़रा सोचो,
माँ नहीं होगी तो क्या होगा...?

मासूमियत

मासूमियत! न जाने कहाँ खो गई,
खुद को भूलकर कहीं सो गई,
अरे कोई तो जगाओ, उठाओ उसको,
बचपन के कंधों पर, काम के बोझ ढो गई।

शैतानों की भीड़ में,
अकेली पड़ गई,
गाँव की सोंधी मिट्टी से,
शहर की मटमैली धूल बन गई।

चेहरे की चमक, आँखों की मुस्कान,
हृदय का सच्चा, मन का बलवान,
वह मासूम बच्चा न जाने कहाँ चला गया,
मूक बनकर सो गई, मासूमियत कहीं खो गई।

किसी महापुरुष ने कहा था-
"काश इस दुनिया में कुछ तो अच्छा रहने दिया जाए,
ऐ खुदा बच्चों को बच्चा ही रहने दिया जाए"
अब तो यह पंक्तियाँ भी फीकी पड़ गईं।

मासूमियत! न जाने कहाँ खो गई,
मासूमियत! न जाने कहाँ खो गई।

मासूमियत का लिबास ओढ़े

मासूमियत का लिबास ओढ़े,
एक मासूम - सा चेहरा था,
फटी - सी कमीज़ थी,
आँखों में तेज था।

बड़ी ही मासूमियत से देख रहा था मुझे,
जाने क्या नज़रों से पढ़ रहा था,
आँखों ने उसकी मुझे घेर लिया,
इस तरह कि शरीर स्थिर हो गया।

कुछ कह पाती मैं उससे,
कि तभी पास वो आया मेरे,
कहने लगा,
"दीदी हमको भी ऐसा ही बस्ता दिला दीजिये,
हमें भी स्कूल पढ़ने जाना है।"

आँखों में उसकी वो हया देख,
मेरी आँखें नम हो गईं,
कि जिस दुनिया से भाग रही थी मैं,
उसकी दुनिया वहीं सिमट - सी गई।

न जाने ऐसे कितने किस्से पल रहे दुनिया में,
ख्वाब जिनके आसमान हैं,
और हम मगरूर हो पढ़ रहे किताबें,
ज़मी पर जिसको गुमान है।।

मुमकिन है

मुमकिन है तेरी हर बात मुकम्मल न हुई,
तुझे सच बोलने की आज़ादी न थी।
कैद थी आवाज़ किसी पिंजरे में,
खुशियाँ तेरे दर की आदी न थीं।।

धूप ने और छाँव ने भी ठुकरा दिया,
मौसम ने तुझे कुंठित बना दिया।
देख कर चेहरे को आइने में,
तूने खुद ही अपना अक्स मिटा दिया।।

क्या पाया तूने फिर भी, कुछ नहीं,
गंवाया भी क्या तूने, कुछ नहीं।
जो तेरे दर पर रहा, वो तेरा हो गया,
जो नहीं रहा अब दर तेरे, वो कभी तेरा था नहीं।।

सब्र को यूँ, तू क्यों छांटता है,
ऐ मनुष्य, खुद को यूँ क्यों बाटता है।
अंत नहीं, है अनंत तू,
बहती हवा को यूँ क्यों काटता है।।

देख खुद को एक दफा आँखे बंद कर,
वो तस्वीर जो समक्ष है, तू ही है।
शक्ति जो तेरे भीतर वो ही आकाश है,
चल रही जो श्वास भीतर, तू ही है।।

इस जहाँ से तू है, ये जहाँ भी तू है,
मिटा रहा जो, तू है, मिट गया जो, तू है।
चहक ले तू खुलकर, तेरे नूर का कोई मुरीद है,
ढूंढ रहा जिसे तितर - बितर, वो ईश्वर भी तू है।।

मुस्कुरा देना

कुछ नाराज़गी,
ज़िन्दगी से भी जता देना !
कभी आंसू जो आए,
मुस्करा देना !

कई आयाम ज़िन्दगी के,
महफूज़ हैं तरन्नुम में,
कभी असहज महसूस होने लगे,
मुस्कुरा देना !

कभी पल्कों पे नाराज़गी ठहर जाए,
कभी मन भय से सिहर जाए,
लोग हँसे तुम पर बेपरवाह, तुम भी,
मुस्कुरा देना !

मुस्कुराना जब,
हालात ठीक न लगें,
मन के सवाल सताने लगें,
कोई अपना याद आने लगे !

किसी रोज़ जब,
ज़िन्दगी में सपनों का
स्वाद आने लगे,
तन्हाई में बीता कल याद आने लगे,
मुस्कुरा देना !

मेरी कविताएँ

मैं हकीकत में,
जीने की कायल थी,
सपनों ने मुझे,
पागल कर दिया।

मैं सूरज किरणों की,
दीवानी थी,
बारिशना बूंदों ने,
बादल कर दिया।।

मैंने परखी नहीं,
चाहत अपनी,
मेरी रूह ही मेरी,
चाह बन गई।

मुझे राहों ने जीत लिया,
मौजूदगी से अपनी,
मेरी मंजिल ही मेरी,
राह बन गई।।

मैं कुछ ही बची थी,
वो भी ढह गई,
तूफ़ान में यूँ उड़ी,
कि समुंदर में बह गई।

परेशानियों को बेबाक हो,
कुछ यूँ सह गई,
कि इश्वर के पास जाते-जाते,
अपने आप में ही रह गई।।

मैं हो गई मशहूर,
इन कविताओं की आड़ में,
इन कविताओं ने मुझे,
आसमान कर दिया।

वो शांत-सी लड़की,
बेबाक -सी हो गई,
इन कविताओं ने मुझे,
मेरे प्यार-सा कर दिया।।

मैं और तुम

मैं पुष्प महल की साखी हूँ,
तुम रचना अनगिनत तारों की,

मैं ज़मीं का सितारा,
तुम आसमां का पौधा !

मैं दिन की जगमग,
तुम रात की महक,

मैं खाक से जन्मा,
तुम हवाओं में पली !

मैं खुशबू हूँ, छाँव भी देता हूँ,
तुम आकाश की, रोशनी हो,

मैं खिलकर प्यार बाँटता हूँ,
तुम टूटकर प्यार जताती हो !

अलग कितने हैं हम दोनों,
पर सुबह और शाम को,

जब मिलते हैं हम,
हम होते नहीं वहाँ,

फिर भी होते हैं हम !

मैं और मेरी रूह

आज शब्द बेताब हैं,
कागज़ के स्पर्श को,
जो लफ्ज़ ख़ामोश हैं,
कहने अपनी व्यथा को !

जो हर बात मुझसे,
कह देती थी बेझिझक,
की आज मुझमें शायद,
कोई रूठ-सा गया है !

वो अल्फ़ाज़ आज,
मर्म ढूंढ नहीं पा रहे,
जता नहीं पा रहे,
ख़ामोशी की वजह !

वो जो जाग रही थी मुझमें,
इबादत बनकर,
अब सो रही है मुझमें,
रिवायत बनकर !

की मेरी रूह ही मुझसे,
खफा हो चली है,
मोहब्बत के जैसी,
बेवफ़ा हो चली है !

इस कश्मकश से खुद को,
सुलझाऊं कैसे,
जो समझ चुकी हूँ
खुद को समझाऊं कैसे !

की जैसे जीवन का एक किरदार,
छूट-सा गया है,
की जैसे आज मुझ में कोई,
टूट-सा गया है !

मैं बचपन हूँ

शांत हूँ,
खुद से बाते करता हूँ !
शोर हूँ,
सबको सुनाई देता हूँ !

प्यार हूँ,
पनपता रहता हूँ !
इंतज़ार हूँ,
ठहरा रहता हूँ !

बादल हूँ,
पूरा आसमां लिए,
फिरता हूँ !
बारिश हूँ,
हर बूंद में सागर लिए,
बरसता हूँ !

पहचान हूँ,
मेरी तस्वीर लिए सब फिरते हैं !
मुस्कान हूँ,
हर चेहरे रहता हूँ !

मैं पल हूँ,
ज़िन्दगी मुझमें रहती है !
मैं बचपन हूँ,
हर उम्र में ज़िंदा रहता हूँ !

मुहब्बत है इन राहों से

मोहब्बत है इन राहों से मुझको
चलते रहना ही मंज़िल है मेरी।

पंछी हूँ, स्थिर नहीं रहता
सागर की तरह बहता रहता हूँ
दीवार नहीं जो खड़ा रहूँ मैं
चलते रहना कर्म है मेरा

मैं खुद को सफ़र ही जान चला हूँ
सबको अपना मान चला हूँ
एक भी मैं हूँ, अनेक भी मैं ही
देश सरीखा परदेश भी मैं ही

सपनों का भण्डार भी मैं हूँ
यथार्थ में पल रहा ज्ञान भी मैं हूँ
पंच तत्व से बना मनुष्य मैं
उक्त पंक्ति पहचान है मेरी

मोहब्बत है इन राहों से मुझको
चलते रहना ही मंज़िल है मेरी॥

मौसम

मौसम,
बदलते रहते हैं,
कल पतझड़ थी, आज हरियाली है,
मैंने देखा है प्रकृति को,
बदलते हुए अपनी पहचान,
इस कारण होता नहीं उसमें,
गुरूर अपनी खूबसूरती का !

प्रकृति ने भी सीखा है, माना है,
दूसरों के लिए जीने को अपना पहला धर्म,
हम करते हैं प्रकृति की उलाहना -
कहकर सब पराये हैं,
उसने तो माना है,
हम सभी को अपना।

काश !
हम सब भी समझ पाते,
प्रकृति ने हमें बनाया है,
तो हमने भी प्रकृति को संवारा है,
अपने लिए यहाँ कोई नहीं जीता,
स्वार्थी होना -
प्रकृति में नहीं,
इंसान की !

यथार्थ

खयालों की राह में बैठी हूँ,
नई दुनिया का आकार लिए बैठी हूँ।
मैं मुख पर अपने आवाज़ नई,
सपनों का संसार लिए बैठी हूँ।।

हूँ कैद कहीं या उड़ान भर चुकी हूँ,
क्या थी मैं, अब क्या बन चुकी हूँ।
कह रही थी कल,
"क्यों जी रहा हूँ मैं ?"
अपनों की ज़िन्दगी का अब भार लिए बैठी हूँ।।

विचित्र है बड़ी ये सपनों की दुनिया भी,
पल में यथार्थ, पल में भ्रम लगती है।
मैं जागती रहती हूँ इन सपनों के भीतर,
ये मेरे भीतर गहरी निद्रा में होती हैं।।

तजुर्बा नहीं मगर वक़्त ने सिखाया है,
दूजों को देखकर जीने में सबने वक़्त गंवाया है।
लाख कोशिश की मैंने पर कुछ न कर पाई मैं,

वक़्त ने आखिरकार मुझे भी आज़माया है।।

मैं इस वक़्त से तजुर्बे हज़ार लिए बैठी हूँ,
सृष्टि का स्वयं पर आभार लिए बैठी हूँ।
भीग रहीं हूँ मैं इन अनदेखी ख्वाहिशों में,
हृदय में सबके लिए प्यार लिए बैठी हूँ।।

ये बचपन की बात है

मेरे खेल खिलौने होते थे,
मिट्टी के दोने होते थे,
ज़मीं पर एक लकीर थी,
मेरे पैर भी बौने होते थे!

पर ज़मीं पर मैं न रहती थी,
मैं बहती थी,मैं बहती थी,
न जाने क्या-क्या कहती थी,
अपनी ही धुन में रहती थी!

कुछ हुआ कभी तो माफ़ किया,
न फिर वो गलती याद किया,
गिरती थी, संभलती थी,
पर रुकने का कभी न नाम लिया!

वो लड़की किस माटी की थी,
जो मुझमें है,जो मुझमें थी,
जो सबकी राज-दुलारी थी,
अपने सपनों की रानी थी!

वो ज़िंदा मुझमें है कहीं,
ढूँढ कर उसको लाऊँ मैं,
फिर अपने सपनों की दुनिया को,
एक नई दिशा ले जाऊँ मैं!

सपने और सच में फर्क नहीं,
बस हौसले की बात है,
जो उसमें थी, जो मुझमें नहीं,
पर छिपी है मुझमें वो यहीं-कहीं!

वो मिल जाए, मैं बन जाऊँ,
सम्पूर्ण उसी से हो जाऊँ,
बनकर फिर एक आगाज़ मैं,
जो हो न सका, वो कर जाऊँ!

रहमत

हक अदा कर सकूँ,
इतनी रहमत अदा करना!
सदा रह सकूँ उसके दिल में,
इतनी रहमत अदा करना!

इश्क़ बनकर न सही,
कोप बनकर जलता रहूँ,
पर रहूँ उसका बनकर सदा,
इतनी रहमत अदा करना!

मेरे दिल की हर आवाज़,
तासीर हो उसके दिल पर यूँ,
उम्र मेरी लग जाए उसे,
इतनी रहमत अदा करना!

वो सात जनम का रिश्ता जो,
पवित्र-सा, पावन जल-सा है,
बस वो ही अपना रिश्ता हो,
इतनी रहमत अदा करना!

राहें

ये राहें,
क्या कुछ कहती हैं ?
कहती हैं कि वो कितना सहती हैं।
ये राहें,
हाँ, कुछ तो कहती हैं।

कभी कुछ सुनाई देता है,
कभी मन का वहम लगता है,
क्या राहें सोती हैं या हर वक्त -
जागती रहती हैं ?

हमारे कदम इन्हें चोट नहीं पहुचाते ?
या इन्हें चोट खाने की आदत - सी है ?
शायद हम ही नहीं समझते,
क्या कुछ कहती हैं ये राहें?

मंज़िल है, पर नज़र नहीं आती,
ये राहें ही तो हमें मंज़िल दिखाती हैं ?
क्यों नहीं करते हम इनका शुक्रिया,
क्यों ये अपना दुःख नहीं जताती हैं ?

ये राहें, ज़रूर कुछ तो कहती हैं,
शायद हम ही नहीं समझते,
ये राहें,
सच बहुत कुछ कहती हैं।

रोशनी रात की

वो रात को अँधेरे से आँकते हैं,
मुझे तो रात में भी रोशनी नज़र आती है,
रोशनी उन तारों की जो जागते रहते हैं,
किसी मुसाफ़िर के लिए,
जो जागता है रात में भी,
कि सुबह दे पाए रोशनी वो इस जग को,
क्या पता,
वो मुसाफ़िर सूर्य ही हो,
जो लगन से मेहनत करता है अपनी रोशनी पर,
क्या पता, तारों की रोशनी देती हो,
सूर्य को जीने का,कुछ कर दिखाने का जुनून,
कि प्रातः सूर्य होकर प्रेरित तारों से,
जगमगाता हो।

क्या पता,
सूर्य जानबूझकर छिप जाता हो,
कि देख सकें हम भी तारों की सुंदरता को,
और सीख सकें सूर्य की तरह।

क्या पता,

वो अनेक तारें छिपा लेते हैं खुद को,
प्रातः काल में,
कि सूर्य फैला सके अपनी वो रोशनी जग में,
जो उसने नई सीखी है,
रात भर बड़ी ही निष्ठा से।

कि कभी ग्रहण जब होता है,
क्या पता,
वो होती हो तारों और सूर्य की जुगलबंदी,
कि आज सूर्य नए करतब दिखाएगा।

क्या पता,
तारे इसलिए रहते हों सूर्य से दूर,
कि सूर्य की एक अलग पहचान हो,
और सूर्य छिप जाता है हर रात,
करने को प्रकट आभार,
उन्हीं तारों के प्रति।।

लहर

यह लहर,
कहाँ से आती है ?
कहाँ को जाती है ?
कब जागती है ?
कब सो जाती है ?

शायद वह अपने घर का रास्ता भूल,
नए घर की तलाश को जाती है,
या फिर अपनी ज़िन्दगी में आकर,
मृत्यु की तलाश में कहीं खो जाती है।

सुना है लहरें मरती नहीं,
न वह रोती हैं, न हँसती हैं,
न लड़ती हैं, न डरती हैं,
बस अपनी मंज़िल की तलाश में जीवन भर चलती हैं।

अकथनीय कहानी है इनकी,
कथनीय होती है बस इनकी चाल !
कभी डगमग - डगमग,
कभी कलकल - कलकल,

कभी सरसर - सरसर,
कभी झरझर - झरझर।

कोई नहीं कर सकता इनका सामना,
कोई नहीं करता इनसे दोस्ती,
क्योंकि यह लहर न कभी लड़ती हैं,
न किसी से डरती हैं,
और न मरती हैं,
बस मंज़िल की तलाश में चलती हैं,
चलती हैं,
और जीवन भर चलती हैं...।

वृक्षात्मा

उस काली अँधेरी रात में, एक आहत सी थी,
काले घने वृक्षों के बीच, क्या वह अजनबी थी
नहीं, वह थी वृक्षात्मा, जो घने जंगल के बीच,
हुंकृति लगाकर कह रही थी, मत मारो मुझे।

कोई न था वहाँ,
सहती रही अकेले वह दर्द,
उस कायर शिकारी से बचती फिर रही थी,
जिसने स्वार्थ के लिए कर दिया था उसका कत्ल।।

उसकी आँखों में आँसू नहीं थे,
शायद वह अपना दर्द पी गई थी,
सहमी हुई जा रही थी वहाँ से,
उस कायर शिकारी से भयभीत थी।

पर थी उसके अंदर एक क्रोध की भावना,
उस कायर शिकारी के लिए,
हुंकार लगाकर कह रही थी,
मैं फिर वापिस आऊँगी, इसके वध के लिए।।

उसके भीतर छिपा दर्द,
शायद कोई न समझ पाया,
वृक्ष तो दिखता है बाहर से कठोर,
परन्तु मानव के मन को कठोर किसने बनाया।

कठोरता दिखता चला जा रहा वह मनुष्य,
मुड़कर न देखा एक बार भी उसने,
पीछे खड़ी हज़ारों वृक्षात्मा पूछ रही थीं,
हमारे वध का तुझे अधिकार दिया किसने?

उस पापी मनुष्य के जाने के बाद,
वृक्षात्मा का हृदय भर आया,
न सह सकी वह अपना दर्द,
परमेश्वर से अपना क्रोध जताया।

फिर देखने लगी उन छोटे पौधों को,
और सोचने लगी वह अपने मन में,
क्या होगा इन नन्ही-सी जान का,
कटेंगी या रहेंगी इस नरक में?
क्या अगली पीढ़ी के साथ मिलकर,
रह पाएँगी यह नन्ही-सी जान,

या फिर मेरी तरह यह भी सवाल करेंगी,
क्यों ले ली तुमने हमारी जान।

पर वह वृक्षात्मा भी न कुछ कर सकती थी,
जानती थी कि वह मर चुकी थी,
सारे रास्ते बंद हो चुके थे उसके जीवन के,
अपने मन को मारकर जा रही थी जंगल से।।

पर जाते-जाते खड़े कर गई वह अनेक सवाल,
शायद जिनके उत्तर न दे पाएगा कोई इंसान,
जिंदा थी वह अब भी कायर शिकारी की मृत्यु के लिए,
हर वृक्षात्मा जिंदा है अपने मृत्युदायी को मारने के लिए।

जा बैठी एक कब्र में,
बिलखती रही मन ही मन में,
सवाल पूछती रही काले अँधेरे से,
जवाब ढूँढती रही अपने स्वप्न में।।

वो था मुसाफ़िर धूप का

एक साइकिल थी,
गमछा था, शर्ट-पैंट,
पीछे एक बोरा था माटी का,
वो था मुसाफ़िर धूप का !

चिलचिलाती धूप में,
जल रहा था घाव बन,
पर उगते डूबते सूरज के बीच,
जी रहा था, किसी की छांव बन !

उसे न जाने क्यों,
धूप काट नहीं रही थी,
मंज़िल की आस में,
शायाद प्यास भी नहीं थी !

पत्नी के ताने,
बिटिया के गाने,
सब छोड़ पीछे,
वो निकला था,
किसी का घर बनाने !

मज़दूर,
हाँ, कहते तो यही हैं लोग उसे,
पर मैंने उसे राही जाना,
धूप का मुसाफ़िर जाना !

वो कमज़ोर-सा शरीर,
कितनी मजबूत इमारतें,
वो रचता है इतिहास,
हर दिन, धूप संग !

काला तन, आँखें पथराई-सी,
काजल है वो किसी रूप का,
वो था मुसाफ़िर धूप का,
वो था मुसाफ़िर धूप का !

वो प्यार तू ही है

जिसे ढूँढ रहा,
तू तितर-बितर,
वो प्यार, तू ही है !

जो पा न सका,
जो खो दिया कहीं,
वो प्यार, तू ही है !

जो माँग रहा है,
तू रब से हर दफ़ा,
वो प्यार, तू ही है !

जिसे पाकर तू,
पा लेगा खुद को,
वो प्यार, तू ही है !

भुलाकर दुनिया को,
खोकर खुद में,
पहचान जो खुद को जाएगा !

इस दुनिया में फिर,
प्यार ही पाएगा,
जब खुद से तू मिल जाएगा !

वो मेरा पहला प्यार हो गया

कहीं किसी अनजानी राह पर,
एक अनजान शख़्स से रूबरू हुए,
वो अनजान रहा कुछ पल ही फिर,
न जाने कब वो प्यार हो गया!

मुझे खबर नहीं थी, सब्र नहीं था,
प्यार का मुझ पर असर नहीं था,
पत्थर भी एक धड़कता अंदर,
दिल वो मेरा मगर नहीं था!

मैं तो रात का एक तारा था,
टूटा-फूटा बेचारा था,
मैं तट का एक किनारा था,
फूटी किस्मत का मारा था!

वो आयी और मैं बह चला,
पत्थर से दिल में ढह चला,
न जाने कैसे क्या हुआ,
मैं उसको अपना कह चला!

मैं तो रहा अबूझा शख्स,
खुद में ही एक अधूरा शख्स,
वो घर हो गया दिल में यूँ,
जीवन का मेरे सार हो गया,
वो मेरा पहला प्यार हो गया!

शांत चेहरे की मुस्कराहट

किसी शांत चेहरे को मुस्कुराते देखो,
तो टोकना नहीं,
वो चेहरा बरसों का थका,
अब हँसना सीख गया है !

खामोशी भी पिघल जाए,
जिसकी हँसी से,
वो दुःख के रस को,
सुख - सा पीना सीख गया है !

बह चला है वो बनकर नदी,
खुद हवाओं के रुख संग,
वो तेज़ तूफ़ान में भी,
शांत रहना सीख गया है !
कर लिया है आज़ाद खुद को,
बंदिशें जो बनाई थी उनसे,
अब जीवन के इस खेल को,
वो खेल - सा जीना सीख गया है!

जो ठहराव देख रहे हो तुम,
उसके मासूम चेहरे पर,

वो बदलाव है उसमें,
तुम्हें ज्ञात नहीं होगा,
तुमने उसका हाथ,
बीच रास्ते थामा था !

उसे याद मत दिलाना,
उसकी पुरानी रंजिशें,
वो कल को भुलाकर,
आज में जीना सीख गया है !

सपने

कुछ सपने आँखों में नहीं,
दिल में होते हैं,
हम तराशते नहीं उन्हें,
वो हमें तराशते हैं।

देखते हैं, पहचानते हैं,
हमारी शख्सियत को,
फिर तय करते हैं,
रुकूँ या चलूँ।

गर कद्र नहीं करते हम उनकी,
वो छोड़ चले जाते हैं,
किसी और ज़रूरतमंद के पास,
जो निभाये उन सपनों का साथ।

हम भी क्या करें,
जब तक एहसास होता है,
दिल क्या कह रहा,
किसी और कि आगोश में समा चुके होते हैं।

और डर जाते हैं,
दिल ने धोखा दे दिया तो,
फिर हम दबाकर अपनी सब ख्वाहिशें भीतर,
एक अंधेरी, अनदेखी, राह पर बढ़ चलते हैं।

फिर कहीं रास्ते में,
जब दिख जाती है वही रोशनी,
किसी और की हकीकत में,
जो थी कभी हमारे भीतर,
सपना बनकर।

घुटते रहते हैं,
सोचते रहते हैं,
आए वो इंसान जिसने पूरी कर ली
मेरी जैसी ख्वाहिशें ही -

आए, थाम ले वो मेरा हाथ,
और कहे -
चलो, मेरे साथ,
अभी तो ज़िन्दगी की शुरुआत है बस,
अब जी भी लो अपने सपनों को तुम,
मेरे संग -
ऐ राही !

सपनों का महल

हर किसी की ज़िन्दगी में होता है,
सपनों से भरा एक महल,
जिसमें होती हैं हज़ारों चाहत,
और उनको पूरा करने की ताकत।

सपनों का अर्थ ही होता है,
कि उन्हें पूरा किया जाए,
वरना वो सपनें, सपनें ही हैं,
जो यूं ही दिखें और खत्म हो जाएँ।

पर होते हैं कुछ सपनें,
जो कभी पूरे नहीं होते,
वादों में बह जाते हैं,
पर अपने नहीं होते।

सपनों की दुनिया में रहकर,
कुछ लोग ज़िन्दगी गंवा बैठते हैं,
हकीकत को सपना समझकर,
सच्चाई से चेहरा छुपा लेते हैं।
सच को जीना आना चाहिए,

वरना सपनें देखने का अर्थ ही क्या है?
जीवन भी एक कल्पना है गर,
जीना ही नहीं, फिर शर्त ही क्या है?

ऐसे सपनें देखो,
जिनसे ज़िन्दगी ही बदल जाए,
मिट्टी से बना घर भी,
सोने का महल नज़र आए।।

सफ़र

है ग़ज़ल में ऐसी क्या कशिश,
मुझे हैरान कर जाती हैं।
क्या स्वप्न हैं ये कविताएँ भी,
मुझमें ही वो खो जाती हैं।।

मैं खुद को ढूंढती रहती हूँ,
वो मुझमें ही समा जाती हैं।
है शायराना हर मिज़ाज यहाँ,
मेरे होश उड़ा ले जाती हैं।।

कहीं ठहर कर ढूंढ लूँ मैं,
इन वृक्ष में उन कविताओं को,
ग़ज़ल गाती इस नदी में,
शायराना इन हवाओं को।।

ये सोंधी मिटटी की खुशबू,
लेकर चली मुझे है कहाँ।
ये सोने जैसे सुनहरे बीज,
मैं बैठी बेसुध - सी यहाँ।।

न लफ़्ज़ उनके पास हैं,
न शब्द बाकी अब मेरे।
गर ये ग़ज़ल, ये शायरी, ये कवितायें,
बैठी रहीं मुझको यूँ घेरे।।

है सूर्य ही बन बैठ अब राजा,
देख रहा मुझे दूर तलक से।
मैं सहमी - सी उसे झाँक रही,
दूर कहीं अनजान सफ़र पे।।

सब नज़रिये का खेल है

सब नज़रिये का खेल है
जैसा जिसका नज़रिया है,
दुनिया उसकी वैसी है,
किसी को लगती सीधी-सी,
किसी को टेढ़ी लगती है,
झूठ है यह किसी के लिए,
तो किसी के लिए सच्चाई है,
आसान है किसी के लिए,
किसी के लिए संघर्ष है,
बन्धु,
सब नज़रिये का खेल है!

मैंने देखे हैं कई मानुष,
हँसते-हँसते जी जाते हैं,
और कुछ लोग ऐसे भी,
जो चलने से डर जाते हैं,
नज़रिया जैसा मेरा है,
दुनिया मेरी वैसी है!

खुशियाँ मेरे दोस्तों की,
मुझे आसमान-सी लगती है,

मम्मी-पापा की बातें,
किसी संत-ज्ञान सी लगती हैं,
चेहरा मुझको मेरा,
बड़ा ही चंचल लगता है,
पर दुनिया को तो मैं,
सीधी-सादी लगती हूँ,
सब नज़रिये का खेल है!

जैसा जिसका नज़रिया है,
दुनिया उसकी वैसी है!

मुझे अतीत पंछी-सा लगता है,
पकड़ो तो फड़फड़ाता है,
छोड़ो तो उड़ जाता है,
'आज' तो मुझको जैसे,
बिल्कुल पानी-सा लगता है,
बहता रहता हर पल,
पकड़ना इसको आसान नहीं,
चलती रहती मैं संग इसके,
रुकना मेरा काम नहीं,

रह गया जो भविष्य, वो मुझको,
बिल्कुल अंतरिक्ष-सा लगता है,
खाली खाली-सा,
बिन जीवन, बिन पानी-सा,

मुझको मूरत में नहीं,
इंसान में ईश्वर दिखता है,
खिला हुआ वो चेहरा उनका,
बिल्कुल चाँद-सा लगता है,

छोटे बच्चों की शरारत,
धैर्य मुझे सिखलाती है,
भविष्य की फिर मुझमें,
कुछ उम्मीद जगाती हैं,

सब नज़रिये का खेल है!
जैसा जिसका नज़रिया है,
दुनिया उसकी वैसी है!

हम अमर बने

सब्र का इम्तहान था,
बेसब्र बनकर चल दिए।
खुद्दारी का इम्तहान था,
गद्दार बनकर चल दिए।
चलना था इंसान बन,
हैवान बनकर चल दिए।
ईश्वर का भी डर न था,
जल्लाद बनकर चल दिए।

क्यों तुम बने,
क्यों तुम जिए,
न जीते तो हम जीते।
राख में मिलकर न ख़ाक हुए,
हम आग बने, हम राग बने।

लोगों के अश्रु, लोगों का गुस्सा,
लोगों के दिल में,
हम बसे, सिर्फ हम बसे।

क्या पाया तुमने बन-बनकर,
हम बिन बने सबकुछ बने।
हो गए हम पंचतत्व में विलीन,
हम आब बने, हम आग बने।

हम बने माटी, हम बने पवन,
हम शक्ति बने, हम शक्ति बने।
तुम जी लो जितना जीना है,
क्या करोगे अब तुम जीकर भी-
पछताओगे, पछताओगे,
एक दिन तुम भी तो मर ही जाओगे।

क्या पाया तुमने बन-बनकर,
हम बिन बने सबकुछ बने,
हम दिल बने, हम जान बने,
हम जोश बने, आवाज़ बने,
हम मरकर भी जिंदा हैं,
हम अमर बने, हम अमर बने।।

हाँ तुम्हें डर है

हाँ तुम्हें डर है,
जो है उससे दूर होने का,
तुम्हें डर है,
जो चाहा वो न मिलने का,
कहीं किसी का घर टूटा है आज,
कहीं हुआ है किसी के शरीर पर वार,
कोई रो रहा है, आज भूखे रहने के कारण,
और तुमने आज फिर थाली में खाना छोड़ा है !

चलो ये सब तो सबके साथ है,
करते आज कुछ नई बात हैं,
अच्छा तुम अभी भी फ़िल्म में उलझे हो,
उसके आने के इंतज़ार में बैठे हो,
और वहाँ रो रही है एक सैनिक की पत्नी,
आज लड़ाई में जो शहीद हो गया !

चलो हैं तो वो पराये,
तुम्हें उनसे क्या,
तुमने आज फिर घर पर कॉल नहीं क्या !

वो जो बैठे हैं इंतज़ार में तुम्हारी कॉल के,
कुछ वक़्त दे दो उनको भी वक़्त निकालकर !
तुम्हें डर है भविष्य का, या अतीत का,
कहीं वो दर्द फिर से न दोहराये खुद को,
या कहीं खो न दूँ मैं अपनी सबसे चहेती चीज़,
और वो बच्चा खुश है,
बारिश में नाच रहा है,
भीख में मिला स्वेटर पाकर।

है वजूद मेरा ज़िन्दा

है वजूद मेरा ज़िन्दा,
तुम नहीं मार सकते मुझे,
मैं हूँ यहीं, सबके दिलों में बसी हुई।

जाओ कह दो उन सियासत के पूतों से,
न उड़ायें मेरी मौत का मज़ाक यूँ चिल्ला - चिल्लाकर,
मौन होकर कर लें प्रार्थना
मेरी आत्मा की शांति की,
और अगर उन्हें चिल्लाना ही है,
तो चिल्लाएँ अपनी आखिरी साँस तक,
ताकि न हो फिर कोई लड़की बदनाम,
यूँ सडकों पर बेबस, लाचार, सरेआम।

जाओ कह दो ईश्वर के आगे
दीप जलाने वालों से,
आगे आयें और बचा लें वो,
अगर एक निर्भया की भी जान,
तो समझ लें,
कि ईश्वर उनके सबसे करीब है,
और वो ईश्वर के,

और तब हो गया घर रोशन ईश्वर का,
उनके दया और साहस की लौ से।

और, मैं,
मैं तो हूँ यहीं,
सबके दिलों में बसी हुई,
तुम नहीं मार सकते मुझे,
क्योंकि,
था वजूद ज़िन्दा मेरा - तभी भी,
है वजूद ज़िन्दा मेरा - अभी भी...॥

www.ingramcontent.com/pod-product-compliance
Lightning Source LLC
LaVergne TN
LVHW100305051026
849517LV00006B/2199
9789389557817